KB168594

지우개가 없는 나는

황금알 시인선 172

지우개가 없는 나는

초판발행일 | 2018년 6월 30일

지은이 | 이경아
펴낸곳 | 도서출판 황금알
펴낸이 | 金永馥
선정위원 | 김영승 · 마종기 · 유안진 · 이수익
주간 | 김영탁
편집실장 | 조경숙
표지디자인 | 칼라박스
주소 | 03088 서울시 종로구 이화장2길 29-3, 104호(동숭동)
전화 | 02)2275-9171
팩스 | 02)2275-9172
이메일 | tibet21@hanmail.net
홈페이지 | http://goldegg21.com
출판등록 | 2003년 03월 26일(제300-2003-230호)

ⓒ2018 이경아 & Gold Egg Publishing Company Printed in Korea

값은 뒤표지에 있습니다.

ISBN 979-11-89205-01-0-03810

*이 도서의 국립중앙도서관 출판예정도서목록(CIP)은 서지정보유통지원시스템
 홈페이지(http://seoji.nl.go.kr)와 국가자료공동목록시스템(http://www.nl.
 go.kr/kolisnet)에서 이용하실 수 있습니다. (CIP제어번호 : CIP2018017547)

지우개가 없는 나는

이경아 시집

황금알

시는 내 삶의 꽃

내가 지녀온 이력이다.

영혼의 통로를 열어

암호를 풀어가는 것이 숨을 쉬는 이유다

어디에 있던 무엇을 하던

당신 손바닥 안이라던 말씀대로

당신 영전에 시집을 바친다.

2018년 봄

차 례

1부 그래 괜찮아

2부 삶의 부록

3부 버팀목

4부 길이 출렁인다

5부 굳은 흙 한줌

1부

그래 괜찮아

그래 괜찮아

그래, 괜찮아
더디 돌아올 수 없다 해도
마음만은 항상 나를 향해 있음을
기억하고 있을게
제 살 비워내는 우렁 각시처럼
그리움 조각을 조금씩 아주 조금씩
사탕처럼 핥아 먹으며 기다리다 보면
해가 지는 쪽문으로 어둠에 떠밀려오는
긴 발자국 소리
지워지는 길만 말없이 남는다 해도
내 안에서 놓아가는 길이
눈물로 남아있기 때문에
그래, 나는 괜찮아

지우개가 없는 나는

먹구름이 무겁게 내리깔린
길 더듬어
당신을 만나러 간다
두꺼운 옷을 껴입고
흰 목을 감싼 목도리를 여미고
바람 새어들지 않게 웅크린 모습으로
삭혀지는 시간이 머문 풍경
지우지 못하고
오늘따라 당신에게 가는 길이
아득하게 멀어
되돌아갈까 궁리하면서도
당신을 지워버릴 지우개가 없는 나는
자꾸 춥고 눈 따가워지는 모래바람 속으로
당신을 만나러 간다

달 카페

시간의 그물에 갇혔어요

마음의 틈을 비집고 시도 때도 없이
무수한 것들이 집을 지으려 해요

배를 깔고 엎드려 뒹굴어도
손가락에 침을 묻혀 광고지를 넘기다가
마른기침을 해대는 바람
몰아가는 막다른 골목길

벽은 높아 뛰어오를 수 없어요
언제나 대답은 '예' 라고 하면서
입속으로만 '아니요' 라고 오물거리지요
송곳니를 드러내는 사람들 틈에서
바쁘게 몸을 숨기는 버릇

성긴 벽 틈으로
무거워 보이는 하늘 창을 내고
바라볼 새도 없던 치열한 삶이

오래된 사랑의 흔적을 관통하는 날

가뭄으로 갈라지는 헐렁한 산허리
달은 그물을 빠져나온 시간을
다시 그물에 담고 있어요

매듭

묶였던 매듭 하나
또 풀어진다

잡아주지 못하는 손이 허공에서
잡힐 듯
멀어져간다

우리는 여기서 헤어지는 것인가

한 문이 닫히면 또 한 문이 열리듯
잠시 머물다 갈 여기

풀린 손 뻗어 허공을 붙든다

16

돌아가는 길

어둡고 험한 길일지라도
잘 찾아가세요
이승의 미련이 어디 한두 가지던가요
뒤돌아보며 서성이지 말고
홀가분한 마음으로 가볍게 날아가세요
돌아가는 마지막 길이
혼자만의 길이라고도 생각하지 마세요
길은 예정돼 있어서
다시 만날 수 있는 그 날까지
기다리다 보면
하늘 문 앞에서 웃으며
우리 만날 수 있겠지요

부재

굳게 닫힌 문 앞에 섰습니다
기척 없는 문은
아무리 열려 해도 열릴 것 같지 않습니다

어느 누구도 열 수가 없는
빛 샐 틈도 없이 꽁꽁 동여맨 문
혼자서 어느 길을 또 찾아 나서야 하나요
우리 인연은 여기까지 인가요
돌아가는 발걸음이 천근입니다

불통

문이 닫혔다
순간 캄캄하다

열려야 할 문이 열리지 않을 때마다
닿지 않는 금속성은
내 마음에 오래된 이명으로 남는다

오선지에 그려지는 노래도
너로 인해 현란하게 그려지던 색채도
바래간다

말은 못해도
마음이라도 열어두면 되는 줄 알았다

하루 24시간 오롯한 내 시간도
너에게 매여 있었음을

이젠 조용히 끊어내고 싶어
내 문을 닫고 싶다

착각

넌 줄 알았어
번번이 쿵 내려앉는 것을 보면
가슴에 묻은 너를 찾아 다녔나 봐

가슴 조아리며 돌아서지만
널 닮은 이들이 얼마나 많은 세상인지

너는 어디에나 없어도
어디에나 있었어

온몸으로 웃거나
온몸으로 울던 한 생애
무너진 허공에서 쌓여가는 시간들이
함께 숨 쉬고 있었다는 걸

오랜 시간이 흘렀는데도 잊히지 않고
함께 살고 있었지
삶도 죽음도 한통속이라는 말 맞아

보고 있다고 다 보이는 건 아냐
눈 감아야 더 잘 보일 때가 있는 걸

잘못했다

잘못했다
아무리 생각해도 잘못했다
내가 나를 지워버리고 싶은 날

그럴 수밖에 할 수 없었던 일이
흔적 없는 칼날로 가슴을 후빈다

아픈 인연이 진물처럼 우러나
곪아 터진 자리마다 아려오는 통증

그래, 차라리 아파라
쌓인 아픔이 죽을 만큼
바람의 문고리를 비틀어 매고
살아도 죽은 것처럼
죽어도 살아있는 것처럼
굳은 가슴으로 살아갈 수 있겠다

다시 슬픔에게

출렁이는 겹겹의 결을 찢고
쪽빛 치마폭 사이로
끌어올려 지는 눈물 자국

하얗게 떨리는 하늘 손잡은 채
질긴 그리움으로 버티다

어제의 간절한 눈물 비워내도
다시 쌓일 눈물을 위하여

부서져 내리는 그림자 뒤로
은빛 살아있는 빛을 물고
비상하기를
다시 시도하는 슬픔이여
간절하게 다가오는 연민이여

바람

힘을 내시라
조금만 힘을 내시라

엎드려 웅크린 세상이
거꾸로 어둡게 비쳐 와도
마음 놓고 한 번 더
꽃을 피워봐야지

온몸으로 빛 향기 머금은 꽃
무엇으로 사는 것 보다
어찌 살아야 하는 것 보다
세상은 이리 아름답다 느낄 때까지
잘 살아냈다고 손잡아주며
안심할 때까지

두 주먹 불끈 쥐고
끈질기게 이겨내야지

지금은 점검 중
― 중환자실에서

닳아빠진 젊음이 낡은 신발을 벗어놓고
위태로운 밤을 지난다

그 어릴 때 걸어온 길을 지난 별들은
아직 지상에 돋아나지 않고
느긋한 시간을 죽이며 다가오는 중이다

머리끝에서 발끝까지
눈꺼풀 하나 들지 못하는 숨 가쁜 힘

구겨지고 찢긴 여윈 몰골로
실낱같은 삶의 끈 놓지 못해
이승인지 저승인지 모를
마음만 움켜쥐고 무엇을 바라고 있을까
무엇을 기다리는 걸까

어르고 달래는 산소호흡기 달고
숨죽여 무너져 막히는 길
쓸어내리는 중이다

새벽으로 가는 먼 길

꿈에 밟혀
잠을 쫓은 지 오래랍니다

꺼져가는 불꽃을 감싸 쥐고
가슴 저리게 올리는 기도 속에서
호스피스 병동은 조용하기만 합니다

별 하나 떠오르지 않는 빈 하늘은
거침없는 어둠이 두 팔을 벌려
새벽으로 가는 더딘 발길을
절망의 늪에서 해적이게 합니다

용케 아픔을 견디다 보면 몇이나
동이 트는 해를 맞을 수 있을까요

살아도 산 것 같지 않은
빛바랜 환부를 차마 가릴 수 없어
돌아누울 힘도 잃어
하루가 멀기만 합니다

새벽 다섯 시에 달려요

서울 가는 새벽 고속버스는
손님들이 편히 쉴 수 있게
소등消燈을 하고
비가 오나 눈이 오나 달린다

모두 희미한 어둠 속에서
별보다 많은 생각들을
눈을 감고 다독이며
숨을 고르곤 한다

시간을 다투는 초조함으로
조급하게 도착하는 시간을 묻기도 한다
금식을 하고 달려온 환자도
출근 시간 안에 도착해야 할 직장인도
모두 한마음으로 초조하다

도착해서 눈을 뜨면
약속된 아침이 열릴 테지만
삶은 기꺼운 희망이다

목숨값

차일피일 내 아파 누워있는 동안
제 속도 문드러져 내렸는지
신발장에 남겨진 등산화가
내 발을 거부한다

그가 함께 손잡고 산행이나 하자고
샀던 등산화라서 아낀 건데
얼마나 그리움에 애달팠으면
겉은 멀쩡하게 놔두고 애간장이 녹아내렸나

뼈가 부서져 깁스를 하고 또 하는 동안
저 또한 나만큼이나 아픔에 기대어
어둠의 터널을 견뎌와 삭신이 굳었나

담뿍 안길 수 없는 발만큼
안아드릴 수 없는 뻣뻣해진
서로의 처지
가시처럼 찔려오는 산목숨 값이다

2부

삶의 부록

삶의 부록

죽음을 견뎌온 사람의 삶은 맑다

해는 그림자를 만들지만
때로는 빛 가운데로 이끌기 때문에

여러 번 겪어온 시련의 시간이
뒤엉켜 가는 듯 보이지만
오랜 견딤의 아름다움이 숨어있다

바라봐주지 않아도
묵묵히 견뎌온 삶
어찌 가볍지 않으랴

아무리 갖고 싶어
온갖 못된 짓 다 해도
죽음의 순간에는 무엇이 필요하더냐

오로지
내가 살아낸 삶의 이력과 하늘의 소망뿐

시간은 그저 흐르는 게 아니었다

처음부터 손바닥 안에 올려놓고
나를 겨냥하고 있었어

내 심장은 언제나 너의 표적이어서
어디에서든지 숨죽이지 못하고
빨라지는 호흡을 진정시켜야 했지

발소리에 귀를 세우고
조심스레 움직이는 눈금을 읽는 습성

머리칼 한 올 움직일 힘마저
얽히고설킨 삶의 실타래에 걸려
넘어지며 주저앉아
그건 다 나 때문이라고 가슴을 치고
시간은 그저 흐르는 게 아니었지

서글픈 젊음을 버린 몸 버텨
오그라지지 않으려
언제나 으스스 추운 가슴을 펴
활시위를 당겨야만 했어

천상의 치유

손을 놓은 풍선처럼
삶의 모든 것들 순식간에 놓치고
내 몸이 하늘로 하늘로
치솟아 올랐다
지상의 모든 것들은 점점 멀어지다
사라졌다
구름층의 하늘을 벗어나면서
뒷걸음치던 생이 너무나 간절하고 애달파
슬픈데도 가슴 미어지게
눈물이 나오지 않았다
티 한 점 없는 광활한 청자 빛 하늘로
한없이 솟구쳐 올라
눈부신 빛의 하늘에 빨려들었다
어둠의 뿌리 끝에 주저앉은
상처 꿰매고 있는 걸까
내 속엣것 죄 빛으로 채워졌다
몸속이 환한 불 켜진 것 같았다
이렇게 빛이 마냥 채워지면
내 몸이 터지지는 않을까

삶의 내력이 송두리채 찢겨
죽음의 근원에 떠밀려 갈 바를 모를 때
저절로 위태로운 삶의 매듭
풀리는 소리
퇴색되어가던 삶에
마침내 파란 길이 열렸다

왜

아무리 생각하고 또 생각해도
혼자 답을 풀어낼 수 없을 때
왜라는 질문을 비수처럼 하늘에 꽂는다

한껏 늘였다 놓아버린 고무줄처럼
살다 보면 별 볼 일 없는 의문들이
늘어진 삶의 귀퉁이를 자꾸 파먹고
불편해진 생의 뒤틀림이 계속된다

중심을 파고드는 질문은
선택이 많을수록 복잡다단하고
몰라도 아는 척
알아도 모른 척
어쩔 수 없이 척을 하며
살아내야 한다는 것

이쯤에서 고개 끄덕이는 하늘의 뜻
가늠하며 몸에 젖어 사는 것도
있는 듯 없는 듯 고개 주억거리며

생의 비탈길을 뒤뚱거릴 때

길 하나 열리는 것도
하늘이 주는 답이다

투명한 발톱

삐딱한 말씨 하나
비수처럼 날아와 꽂혔다

나비처럼 팔랑팔랑 눈 틔우더니
꽃이 된 사금파리처럼
숨 고를 틈도 없이 퍼져나갔다

버선목이라도 뒤집어 볼 수 없어
어둠 내내 살을 베어냈다

속속 쑤셔대는 아픔은
핏물 베어낸 길을 따라
붉은 주파수를 맞추며 확장되어 갔다

깨알 같은 시간들이 새까맣게 몰려왔다
눈 뻔히 뜨고도
보이지 않는 발톱들을 날카롭게 세워

너도나도 모르게
불타오르는 가슴을 쥐어뜯고만 있었다

삶의 풍경

제 발목만 들여다볼 것 같은 바다
뿌리 깊은 중심을 흔들어
바람 손을 잡고
너울너울 춤을 춘다

살아있는 관절마다 핏줄을 타고
제 몸 풀어내는 춤사위
너덜너덜 찢겨지는 깃발이다

서슬 퍼런 아가리에
짭짤한 소금기 머금은
새 부대에 새롭게 담아야 할
깨알 같은 삶

바다 문 활짝 열고
불꽃 같은 심장을 겨누듯
오늘도 커다란 그물을 던진다

여기서부터 새로운 길이 된다

목어

물 벗어난 물고기
산으로 가서
나무 화석이 되었다
수천 년 제 살 긁어가며
마음보시 하는 것이
중생을 선도하는 업보인지
오늘도 스님은 사정없이 목어를 두드린다
처마 끝에 풍경으로 매달려
바람으로 가슴을 치는 물고기들
영겁을 거두어
언제 다시 물에 놓아 보내야 하나
이젠 빈껍데기로 남아
바람의 노래로 흐느끼며
흘리는 마른 눈물 아득하게
고여 오는 생각 끝으로
피어나는 눈물 꽃이 진다

벙어리 냉가슴

모락모락 피어오르는
매캐한 연기는
하늘을 덮는 먹구름이 되고
우-우 포효를 질러대는
미친 짐승 한 마리
맘에서 몰아내 길들이기다

날뛰다 치받는 뿔 간신히 붙잡고
코뚜레를 뚫어
줄 매고
멍에를 씌워 끌어내기까지

꾸역꾸역 목울대를 차고 넘치는
대쪽 같은 말들이
서릿발처럼 녹아들어
몽글어지게 가라앉아가는 가슴에
차갑게 꽂히는 비수

굽히지 말아야지

허리 굽혀 절해도
마음은 굽히지 말아야지
어떤 바람 앞에서도
무릎 꿇지 말아야지

보이는 만큼만 보이고
아는 만큼만 아는 시력
완고한 고집의 창칼에 찔려
흔적처럼 박히는 못 자국

이끌려가지 않기 위해
휘청거리는 무릎 곧추세워
쓸쓸히 돌아설 때마다

나의 뜻만큼 꽃 피지 않아도
서로 얽혀 자라고 있을 꿈

내일의 태양은
나의 뜻으로 떠오른다고

내가 나에게 만이라도
한껏 위로하며

'희망이지, 아암' 고개를 끄덕이면서
마음만은 절대 굽히지 말아야지

묵은 학습

오늘도 마음의 담
높이 쌓아 올렸다
허물 힘이 없어 그대로 두었다
언젠가는 허물 수 있을 힘이 솟아날까

무엇인가 벗겨지고
무엇인가 감춰진 진실은 진실이 아니다
온전히 알려줄 수 없는
각색되고 편집된 비밀

퍼져나가는 향에 멀미가 난다
명치끝이 아리다
눈물이 강을 이루기 전에
쌓은 담 허물어 내야 한다

허우적거리며 흩어지는
숱한 먼지들 속에서 찾는다

유리 파편 같은 보석을 찾아

가슴팍에 장식될 훈장처럼
백일하에 드러내고야 말 것들
끊임없이 다듬어가는 케케묵은 학습

한 겹씩 껴입다

늘 푸를 것 같은
삶 한 겹씩 당연하게 껴입었다

가볍던 몸은 점점 무거워져
눈물 한 방울의 무게에도 출렁인다

한창 푸르러 젊을 때는
아무렇지도 않은 것들에 무렴타고
수렁에 뿌리를 내리고 산 듯
탄탄하던 근육들이 여기저기 물러 터져
힘들게 꿰매기 일쑤다

그래, 짐을 덜어내자
마음 안에 덕지덕지 채워 두지는 말자
가벼이 떠밀려 가는 바람처럼
삶의 중심에서 흔들리는 파도처럼
베란다 창가에서 바라보는 흔들림 속에서

아직도

내가 나를 추스르는 백옥 같은
마음 남아있어
버텨내는 중이다

갈길 찾아

무언가 잡겠다고
허둥지둥 달려온 길
마음 비워 돌아갈 길 막막하다

세찬 비바람 벼랑 끝으로 내몰리고
눈물과 웃음이 한통속이듯이
처음과 끝을 맞물고 있는
하늘은 덧씌운 먹빛이다

이리 캄캄할 때는
넘어진 길에 쉬어가자
보이지 않아도 갈길 보일 때까지
눈을 질끈 감았다가
마음에 불을 켠 듯 다시 뜨면
환한 빛이 고인 길 보일까
강물이 되는 시간

그래도 좋다

말고삐를 틀어잡고 숨차게 달려왔다
살가운 것들을 껴안았던 풍만한 가슴 가득
부화해 빠져나간 빈껍데기들 사이로
을씨년스럽게 서걱대는 바람소리뿐이다

보석처럼 뭉클하던 몇 방울의 눈물
서서히 눌러앉아 메말라가는
고즈넉한 자리에서
눈을 감거나 뜨거나
고개 숙인 한 끼의 밥상머리에서
살 밭은 정강이뼈 사이로
멈춘 시곗바늘
끌고 가다 멈추어도 좋다

고장이 난들 어떠리
아등바등 살아온 길이 이리 초라해도
비스듬히 하늘로 뻗어 가는 좁다란 길
희미하지만 언제나 열려있어 좋다

우리는 한 몸

등을 돌려 살아 온 지 몇 해던가요
이제는 서로 알아듣지 못할 말들로
세월은 멀리 흘러만 갑니다

어둠 속 길 더듬어 갈 수 없는 길
가서는 안 된다고 못을 박고 돌아선 길
삭아가는 백골에 입 맞추는
바람의 껍질들만 무성합니다

본시 한 몸 한 뿌리로 살아야 할 우리
허리 잘린 철조망조차
걷어내지 못했습니다

애처롭게 시린 아픔은 추억이 되고
영영 잊어버려지고 말 것인가
터진 살갗만 기우고 있습니다

오직 소원이 있다면 불꽃으로 타오르는
우리 한살로 뿌리내려

천년만년 조선고추로 맛깔스럽게
영글어가는 것
그렇게 붉디붉게 살아내고 싶습니다

겨울 제비꽃

겨울 오는 것이 못마땅한지
하늘은 연이어 잔뜩 찌푸리고 있다

무덤가 낙엽이 쌓인 틈을 가만히 비집고
제비꽃 한 송이 나와 눈을 마주쳤다

누가 밟아 짓이기면 어쩌려고
요렇게 숨어 숨어서 가냘프게 피었을까
내 마음이 너에게로 날개를 다는데
겨울 햇살 하나 내려와
꽃을 감싸 안는다

너무나 작디작은 꽃도
하늘과 통할 수 있구나
나는 어쩌자고 나만 바라봐주지 않는다고
투정만 하며 살아왔을까

삶은 누구에게 보여주려는 것이 아니다
묵묵히 살아내는 것일 뿐

3부

버팀목

버팀목

죽은 나무가 산 나무 허리 받들고
긴 해에 발이 묶여있네요

살아서도 죽어서도 서로 동여매고
한 살도 아니면서 제 살처럼 보듬고
밟고 갈 곧은길이 되라고
단단히 매어주고픈 마지막 품 열었어요

맴도는 바람결까지도 삭아내려
흙이 되는 동안
괜히 허비한 삶이라고 누가 말을 할까요

누군가 보듬을 수 있는 이름으로
몸 내려놓을 수 있다면 우리
모두 함께하는 길이 닦아질까요

이팝나무 꽃

흥부 뺨에 붙은 밥알 몇 개
곱장리 이자 붙은 이팝나무에
쌀밥이 고봉으로 푸지게 담겼다

개미허리만큼이나
등에 붙은 허리춤 끌어내리고
배 터지게 먹어봤으면
소원이 없겠다는 새끼들

이팝나무 둘러싸고
눈요기를 하는 나른한 봄날
긴긴 해가 하염없이 길어져 가고

헛물만 켜는 잇 사이에서
잘근잘근 씹히는 풀뿌리마다
농익은 아지랑이만 누렇게 넘실거리던
봄이 엎드려 지쳐있는
그곳에서
해마다 이팝나무 꽃만 흐드러지게 피어있다

꽃그림

부드러운 바람이
잠든 대지를 흔들어 깨운다

죽은 듯 추위에 얼어붙은 가슴
언제 녹였던가 싶게
지워져 가는 삶의 회로
살아나기 시작한다

여기저기
색동 입은 소식 서로 붙들어 매달고
발꿈치 들어 올려 부추기는 빛으로
꽃이 되고 잎이 되고
세력을 확장하는 마냥 씩씩한 꽃의 행진을

채련採蓮에 물들다

온갖 허물을 끌어 덮고
부풀어 오른 퇴적층은
질척거리는 발꿈치로 꾹꾹 눌러가며
쌓이고 쌓여 삭히고 삭히다가

푸른 귀를 크게 열어
하늘 말씀 받드는 연 잎사귀 사이로
은밀한 말씀을 빛으로 새긴 꽃 피었다

합장하듯 시공을 향해 향기 머금은
연분홍 얼굴을 살포시 내어민다
온몸으로 휘감긴 맑은 눈빛으로

부끄럽게 나의 찌든 마음도
덩달아 다소곳이 여며지고
저절로 미소 띤 하늘빛에 물들다

아침 안개

골 깊어 길 잃은 안개
산허리 휘감고 누웠다

길 막아서는 슬픔 껴안고
바람이 따라 흐느낀다

몸과 마음을 비워내
하얀 속살 비치는
생의 울타리는 매양 헐거웠다

촉촉하게 젖어오는 눈시울

울어라 매미

아침을 여는 매미울음 소리
이른 잠을 깨운다
목청껏 불러대는
선창 후의 합창에 하늘 문 활짝 열리고
터덕거리는 가파른 기온이 뜀박질을 한다
여름은 맨몸이 통째로 구워지고
흐느적거리는 이 아침에
갈 길 서두르는 얼마 남지 않은 시간
저리 처절한 울음을 그치지 않고
살아있을 마지막을 노래하고 있다
너의 슬픔을 빌어
배롱나무 붉은 눈시울을 훔친다

바다

몇 방울의 눈물이 고였던 걸까

문은 언제나 열린 듯 닫히고
닫힌 듯 열려서
숨죽여 우는 것들을 쓸어 담는다

눈물 속에 갇힌 우주만 한 하늘마다
속살 같은 물결로 출렁이는 노래
가다가다 내 길이 아니라면
물러설 줄 아는지

멀리 돌아와
어느 해안가 모래톱에 자꾸 귀를 씻는다

바람을 읽다

상냥하게 내미는
바람의 손을 잡고 날리는 씨앗처럼
나도 마냥 춤을 추고 싶었다
복잡하게 뒤엉킨 것
가다듬을 수 있게
알 수 없는 손길로
꽁꽁 빗장 지른 마음이 풀리면
다 하는 생의 끝에서
새로운 생의 입맞춤처럼
달콤한 기대 속에 살아나고 싶다
어둠의 이면 속
울분으로 포효하고 싶은
무디어진 칼끝 거두고
바람의 순한 페이지를 읽는

가뭄

여름은 너무 멀고 지루하다

모두 태워 비틀어버릴 듯
바짝바짝 말라 쩍쩍 갈라진 산천
아흔아홉 폭염의 꼬리
아직 감추지 못해
이글거리는 태양에 단단히 묶여있다
비 한줄기 간절히 바라는 마음
연일 30도를 훌쩍 넘어버린 날씨
저수지 바닥은 거북이 등처럼 갈라 터졌다
땅을 적실 눈물도 잊은 지 오래다
기다리고 기다리던
비 소식은 한동안 들려오지 않았다

낙엽

여리고 풋풋한 시절 있었다
뇌성병력도 두렵지 않았다
꺾여 비트는 비바람 속에서도
문신처럼 새겨지는 세월
이젠 서서히 벗어버리고픈
숱한 이야기의 껍질 껍질들
알록달록 색을 입혀 떠나련다
한마디의 얘기도 버릴 수 없어
이른 아침 햇살에 비틀린
색색의 이야기들
가슴 가득 쓸어안았다

가을 나무

마지막 남은 마음
꼬투리 하나까지도
아픔이 아닌 듯 너무 고아서

바람이 차마 손도 내밀기 전에
먼저 바람을 타는 절절한 떠남이
천지사방 노래가 된다

눈빛 선한 뒷모습
붙들다 헐거워지는 손
내려앉은 하늘에 걸려
우수수 내려앉는 날개 편 날개들

시린 발등을 덮고 누워
다음 생의 창을 열어 놓은 채
조용히 꿈에 든다

겨울나무

뻣뻣한 골격을 최대한 오므려
태아처럼 가끔은 귀 기울여
발끝을 더듬어 봐요

저 깊은 곳에서
용암처럼 끓어오르는
가슴 언저리 더듬어가다

옹이처럼 박힌 흉터 만지작거리며
절로 휘어지는 허리 곧추세우고

떨리는 온몸 감싸 안아줄
드넓은 하늘 향해
시린 손 활짝 펴

봄의 숨결 찾고 있어요

서리꽃

손톱 세워 할퀸 자국마다
생살 파고드는 한기
선혈이 엉겨 꽃이 된다

밤마다 순백의 꿈에 뒤채며
해가 뜨면 스러져버릴지라도
삼킬 수 없는 속말 밤마다 풀어내
바람 불어가는 쪽으로 몸 기울며
여린 햇살에 온몸을 부리는 시간

푸른 냉기에 저린 아침
덧난 눈물 속에서
아픈 알몸이 보인다

폭설 속에 갇혀서

땅도 하늘도 무채색이다

유난히도 긴 등을 하얗게 드러낸 길이
아득하게 엎드려 있는 고갯길

풋풋하게 돌아갈 채비 서두르는
발자국 소리 멎고
분별없는 눈 속에 꼼짝없이 갇혀있다

궁금한 안부를 서둘러 묻기도 전에
핏발 선 어둠이 소통을 삼키고
손발이 묶여 옴짝달싹 못 하는 길에서
난감하게
삐걱거리는 무릎 오그리고 잠들 수 없어
발만 구르는 시간

그 누구도 부를 수 없는 눈 속에 파묻혀
너도 나를 찾아낼 수 없는
탈색된 어둠 속에 꽁꽁 묶여있다

함박눈 오는 밤에

눈도 쌓이면 무거워지나 보다
밤새워 우두둑 관절 꺾기는 소리
산비탈에 서서 무게 견디지 못한 나무들
휘어지다 못해 허리 부러질라

짓눌리는 몸 사려 견뎌야 할 시간 길다
꼭두새벽 받아온 생선 광주리를 이고
코 질질 흐르던 어린 아들 손잡고
이 거리 저 거리로 외쳐 부르며
엄동에 생선 팔던 아낙처럼
억척스럽게 이고 있어야 할 무게

얼얼하게 굳어가는 사지 오그리고
하얗게 질린 어둠 속에 한 몸처럼 묶여
털어내지 못하는 고된 삶
이도 저도 못하게
살아야 할 결빙의 시간이다

4 부

길이 출렁인다

담쟁이

더듬어가는 길 어디든
뼈대를 세우는 일은 어려워요

밤마다 흙벽에 기대앉아
등불을 밝히던 어머니
든든한 누군가에게 기댈 수밖에 없어
실오라기 하나 발붙이고
관절 마디마디 돋아나는 잎으로
수를 놓아주시더니

실핏줄에 얽힌 마른 두 손
햇살 모아들이는 간절한 기도
하늘 끝에 매다시던 어머니

날개를 펴고
마냥 나부끼고 싶은 어머니의 마음을
나는 왜
잠시라도 생각지 못했을까요

관계

너와 내가
치밀하게 짜내려 가는 비단결이다

올 하나 성기지 않게
치밀하고 아름다운 무늬를
엮어가는 삶은 행복하다

거미줄처럼
이어진 선들이 만들어내는
기하학적인 무늬는 밤마다
이슬방울을 이야기로 매달고
아름다운 물감을 덧칠해가는
살아갈수록 향기로운 추억을 만드는 거다

너는 나에게 눈높이를 맞추고
나는 너에게 짐이 되지 않게
언제나 조심조심 돌고 돌아
몇백 광년의 빛으로 달려
치렁치렁 빛나는
결 고운 비단 짜는 삶일 거다

어머니의 노래

죽어 주둥이만 둥둥 떠다니지 않게
마음 잘 다스리며 살라던
어머니

한 세상 할 말도 못하고
속으로만 삭였던 가슴
질퍽한 개펄에 모조리 묻어두고
바다 한 귀퉁이 끌어당겨 덮곤 했나 보다

죽으면 썩어져 버릴 몸뚱이
아껴 무엇 하냐며
평생을 갯벌에 엎드려 산 어머니

파헤치고 파헤치며 떠나지 못하던
바다에 서면
빙판처럼 미끄럽던 허리춤에 끌려
바다가 따라서 노래를 부른다

써도 써도 이내 지워져 버리는

말뿐이라고
마음의 소설책을 펼치고
못이 박혀 못내 그리움이 되어버린 노래

물결 파닥이며 달려와서
음계가 낮을수록 한길 깊어지는 가슴에
밑줄을 그어가며 자꾸 휘어져 감긴다

길이 출렁인다

허리를 휘감은 바다가 출렁인다

처음 삶이 길을 내듯
아픔이 지나가는 흔적들

메우는 틈마다
옹이로 박혀가는 하루하루
천연덕스럽게
당겼다 밀리는 줄다리기처럼
초조하지 않게, 그렇게

울며불며 길을 내도
이내 지워지고 마는
바닷길 찾아 나서고야
덩달아 실컷 따라 울고

우리는 지금
무엇을 기다리고 있는 걸까
마음 쾡하게 바람구멍이 뚫린
길처럼 출렁인다

산사에서

산그늘 지는 청량한 허공으로
훠이훠이 흔들리며 가는 달의 뒷모습
눈꺼풀처럼 구름 비껴 앉는 사이로
한기 돋은 별 몇 개 가뭇없이 떠오른다
간절한 그리움만으로 길을 내고 밝히는
저 별들이 있어
눈 비비며 바라보는 아득한 길만큼
산 능선에 가려 잠이 드는 풍경
가파른 오늘을 접고 누워
두근거리는 가슴으로
내 눈물 끝에 닿을 거리
아직은 서늘하게 낯설다

귀에 젖은 소리

긴 겨울을 이겨내고 피어난
저 작은 풀꽃들도
피고 질 때를 알지 않느냐

요동치지 마라
까닭 없이 치솟는 불길
끓어 오르는 분노는 마침내
누군들 태우지 않으랴만

여윈 어깨에
가누지 못할 몸을 기대고
무너져 내리고야 말 것들

참을 만치 참고 견디어라
가까스로 가라앉힌
숯 덩이진 가슴에 화해의 손을 얹고
천 리를 바라보듯 피어나는 풀꽃처럼
매달려있는 말씀

인연

무너진 옛 성터 돌무더기 사이를
유유히 배회하는 붉은 잠자리
어여쁜 아씨의 날렵한 맵시로
손끝 닿기가 무섭게 사라진다

천 년 뒤에 이윽고 만나야 할
눈 한 번 깜박일 찰나

다시 천 년을 기다려 우리는
무엇이 되어 만날까

시간의 뿌리에서 이윽고
시작되는
수많은 길 위에 우리는 서 있다
몇만 겁의 옷깃 스치는 인연이 되어

너와 나 사이

마음과 마음 사이
시도 때도 없이 거미줄처럼
엉켰다 풀어지고 풀어지다 엉킨다

팽팽하게 질긴 동아줄이 되기도 하고
썩은 동아줄처럼 쉬 끊어지기도 하는

너와 나 사이
끊임없이 이어지다 끊어지는 선들은
서운함으로 아픔으로 등을 떠밀고

영영 잊히고 마는 아쉬움도
진득이 매듭을 짓는 일도

있는 그대로 바라봐주고 기다려주는
구수한 된장처럼 맛깔스런
마음과 마음 사이

삶의 쉼표

절망을 견디고 견뎌라

수많은 눈물들이 고여
포기할 수 없는 낮은 노래
불러들이는 바다에 닿으면
그의 영혼에 휩쓸린 빛을 속속들이 안고
희망이 파도를 타는 온몸으로
물결을 헤쳐 가는 거지

땀내 절은 등줄기 곧게 세워
차가운 바람 사이 누비고 가다 보면
촘촘하게 박혀버린 티눈처럼
쓰라린 절망이 굳은 각질을 뚫고 뽑히리라

뜬금없이 참았던 가슴에서 피어오르는
빛살을 펼쳐 온몸에 두른 채
짐 벗은 가벼움으로 쉴 수도 있겠지

제왕의 꿈

그는 우주의 작은 제왕이다
평생 낡은 구두 하나로
버텨낸 굽어진 등
촉수 낮은 방 낡은 소파에 앉아
끝까지 사수하고픈 리모컨을 쥐고
바깥세상을 구경하는 눈이
피곤으로 감긴다
모든 명령을
찬물에 밥 말아 먹고 트림해도
소화제를 수시로 털어 넣는다
아랑곳하지 않는 민심이 버겁지만
평생 족쇄처럼 끌고 오기만 한
그가 가장 꾸고 싶은 것은
아주 작은 나라
제왕이 되는 꿈

바람과 나

바람과 바람 사이에 나는 있다
문틈에 끼인 낙엽처럼
찢겨진 마음이
지나가는 바람과 불어오는 바람 사이
이리저리 쓸려가며 방황하는데
어둠을 닦아내는 달빛이
오래 앓아오던 붉은 가슴을
토닥이며 속삭인다
잡을 수 없으면 놓아버리라고
바람과 바람 사이에
오도 가도 못 할 내가 끼어
길을 잃어버렸다

물처럼만 살아라

꽃잎에 나비 살포시 내려앉아
나의 입맞춤은
이슬 먹은 공기처럼 가벼워라

누가 뭐래도 제 갈 길을 내는
물처럼만 살아라

해야 할 일과 해서는 안 되는 일처럼
뒤도 안 돌아보고
주저 없이 제 길을 찾아가는
스며서라도 제 길을 내는
저 끈기의 가벼움

마음을 거르고 걸러서
이윽고 맑아지는 물처럼
물 같이만 살아라

금강

정강이뼈 어디쯤 부러졌나 봐

긴 발을 끌며 절며 천천히 기어와
바다로 가는 문턱 넘지 못하고
주름진 치마를 쥐었다 폈다 푸르게 뒤챈다

노을을 껴안고 허공에 날개를 편 새들이
내려앉지 못하고 울음을 터뜨리다
어둠을 조용히 덮는 저녁

멀리 굴뚝에선 가물가물
흰 머리카락 한 가닥 풀어
강으로 빗겨 내린다

꼬리를 감춘 빛 알갱이들 더러 살아나기까지
글썽거리는 꿈을 만지작거리다
검푸른 비단 자락 쥐어뜯긴 솔기에선
속눈썹에 감춰진 물안개 피어오른다

박대

눈을 감지 못했다
소금에 절여 널린 몸뚱이
죽어서도 하루 햇볕에 누워
바람에도 흔들림 없이 꼬들꼬들 말라간다

아가미로 숨 쉬는 걸 잊을 때
삶에서 죽음으로 넘어가는 길은
하얗게 마른 눈물

고스란히 발가벗겨져야 한다
돌고 도는 팽팽해진 삶의 고리

마지막 남은 것으로도 몽땅 베풀 수 있지
욕심이 없어 먹히는 것이 아니다
앞뒤로 노릇노릇하게 구워지면
당당하게
양념고추장에 발려 다시 한 번
거룩한 죽음을 애도하는 기쁜 손길

껍질 벗긴 맨살이 씹기 좋게
잇 사이에서
쫄깃쫄깃 몸과 몸의 경계 허물어지다
너와 나의 영혼이 한 몸으로 감싸인 채
뼈를 발린 한 조각의 살
달다

시간 여행

허공에 브이자를 그리며
겨울을 찾아가는 기러기 떼
가던 길을 멈추고
강물에 내려앉아
바람의 중력을 털어내고 있다

더러는 자맥질로
가벼워진 날개를 펴
강물을 깨워 소란스럽다

겨울의 시작은 사소한 새들의
여행에서 비롯되었다

모든 것들은 사소함에서 이루어진다
시간의 흐름도 사소함에서 시작됨을
뻣뻣해지는 관절을 부드럽게 펴
일상의 시간 여행을 꿈꾼다

5부

굳은 흙 한줌

빗살무늬 토기

토기 조각 가느다랗게 이어진
실금을 따라
모퉁이 길을 맨발로 돌아올
그녀의 빛난 머리카락을 기억할까

한가득 가슴에 품고 온
열매를 담아두기 위해
조바심내는 발걸음을 기다리는 걸까

애시당초 흙이었으므로
흙 속으로 무너져도 흙이 되지 못하고
얇은 조각과 조각이 맞물린
부르터진 입술에선
가냘픈 흐느낌이 새어 나온다

박물관 진열장에 불편하게
기대거나 엎드려
켜켜이 쌓여가는 어둠의 시간
새겨놓은

어머니, 어머니의 어머니로부터
내려온 세계를

징검다리로 건너가는
손 때 묻은 아득한 기억
빗살 하나하나 마음으로 쓸어본다

굳은 흙 한줌

비 온 뒤에 땅이 굳는다는
터무니없는 말 때문이라도
흙 한줌 가슴에 얹어 봄을 부를 거야

아니 여름을 부를까
무성하게 키우는 재미
사랑스런 새끼들 옹잘옹잘 크는
여름이 좋겠다

무성한 초록의 광채가 시들기 전에
색색의 마음을 열어 노래할 수 있게
새끼들이 연주하는 화음에 맞추어
계절을 손질해야지

탐스런 열매는 덤으로 나누어주자
흙 한줌 가슴에 얹고
영원히 쉴 수 있다는 서러운 질문

심연 깊숙이 스미는 향기처럼
흙 한줌 가슴에 얹어 싹틀 수 있다면

흙의 암호

수없이 많은 씨앗들이 땅에 꽂혔다

결계를 친 흙은
언제나 젖은 가슴을 덮은 채
시치미를 뚝 떼고

날짜 없는 시간들이
계절을 끌고 넘느라
힘겨운 시차를 꽁꽁 얼게 만들었다

얼어붙은 어둠 속에서
생의 비밀이 퍼즐을 맞추듯
온몸으로 느껴지는 촉을 안테나로 세워
끊임없이 봄을 기다리는
암호를 풀어내기 시작한다

땅은 비에 젖어

빗 낱 후두둑 떨어지자
가시에 찔리듯이 흙의 살갗이
화들짝 놀라 열린다

자박자박 생의 향기 피어오른다
잠시 숨어있던 씨앗들이 젖을 빨며
내민 손톱 밑이 퍼렇다

돌부리에 걸려 넘어지면 넘어진 채로
초롱초롱한 눈매가 훤해서
햇살은 너에게로 향하고
들뜬 눈물에 젖어
실눈 떠보기를 몇 번

핏줄마다 새순이 돋고
여름은 무성하게 흘러
지구의 중력은 더욱 무거워지겠다

천둥소리

금방이라도 울음 쏟아질 것 같은
하늘 벌판에 서 있으면
검은 구름 속에 숨긴
칼칼한 그녀가 있다

곤두선 머리칼마다
미친 듯이 바람 끌어모아 소용돌이치는
기억 저 끝에서 몰고 오는
그녀의 성난 모습

불 먹은 먹먹한 가슴 풀어헤쳐
바윗돌이라도 뚫어낼 것 같은
사그라질 줄 모를 눈물방울의 무게

이윽고
맨땅에 부려놓고 통곡이다
번쩍 튕겨 넘치고 마는 으름장

폭우

너무 퍼부었더니 붉은 빈혈이다

목까지 차오르는 흙탕물 뒤집어쓰고
간신히 일어서려다 주저앉고 마는
불어터진 풀뿌리가 쓸려간다

나뭇가지들 붙들고
모가지 비틀어지게 소용돌이치다
더럽고 치사한 모든 것
한꺼번에 쏟아져 나와
산허리 하나쯤 허물고 싶은 욕망 넘친다

자지러지듯 숨어들고픈 이 땅 어디에도
무너질 것들로만 쌓아졌던가

부서지는 물의 속도로 세상 가르고
가 닿을 곳이 어디인지
응어리진 가슴 위로 마구 쏟아진다

땅 위에 세워진 위성도시

재갈 물려 입을 봉하고
사지육신 옴짝 못하게 묶여있습니다

두꺼운 시멘트로 쳐발라진 도시에선
숨을 쉴 수도 없습니다

지하세계를 넓혀가며 길을 내고
하늘 높은 줄 모르고 높게만 쌓아가는
당연하게 메마른 빌딩 숲에선
싹을 틔울 수 없는 먼지들만 날립니다

새벽을 부르는 닭의 울음소리 대신
가짜 뻐꾸기가 시간을 맞추어주는
가짜들 틈에서 진짜처럼 살아갑니다

진짜가 가짜처럼 초라합니다

낡은 집 한 채

산기슭 돌아들다가
볕이 잘 드는 낡은 집
저녁이면 산 그림자 조용히 내려와
잠이 들고
아침이면 뒤뜰 감나무에 앉아
잠을 깨우는 새소리 정다워
시간이 필요 없는 고즈넉한 집
햇살이 바람과 놀다가는 마당가에
아직 족두리 꽃 만발한
그 집 토방에
내 신발 한 켤레
가만히 놓아두고 싶다

마냥 흔들리며

아무한테도
드러내고 싶지 않았다
마음속 깊은 눈물 내보일 수 없어

감추고 감추려 해도
비는 수도 없이 빗금을 긋는
생채기처럼 막힌 골을 내고

바람의 골격은 아무리 견고히 엮어도
가만히 있을 수 없다는 것을

언 땅을 비집고
아장아장 걸어 나오는 봄 아지랑이
여린 싹 따라 걷고 싶은 흔들림으로
조금씩 비워내고 싶은
내 눈물 속 가시 하나

무위사에서

무위사 해탈문을 들어서는 순간

길은 길이 아닐 수 없고
나는 내가 아닐 수 없는데
살아낸 길이
긴 터널을 빠져나온 것처럼 아득하다

웃음이 마냥 웃음만이 아니듯
눈물이 어찌 눈물뿐이었겠느냐

처음부터 세상 견디며 살아내는 것은
햇살 끝에 매단 바람처럼
간절한 내 몸 흔들어도 보고
술에 취해 비틀거리기도 하면서
주저앉아 늑골 후비는 아픔 견디는 것

무뎌지며 바래가는 불경 소리
등짐으로 한 짐 지고 내려오는 길

더듬더듬 한발 떼기도 전에
거나하게 익어가는 적막에 눌린
날갯죽지 밑 깃털이 간지럽다

그렇게나 높은 자리에서

기회만 있으면
누구라도 평생 눈독 들여
불을 켜고 찾고 싶은 자리

쫀쫀하게 거들먹거리며
보다 많은 이들을 거느릴 수 있는

그 누구보다 높이 올라
뭉그적거리며 군림하고 싶은 자리
오를수록 가파르고 험하기만 하다

눈치 볼 것 없이 차지하기 위해
모진 술수로 낚아채 앉기 바쁘지만
특별히 높은 자리
그리 잘 살아내기가 어려운 건가

한순간에 삐끗하면 일 난다
옷 벗겨 인생 깔아뭉개지는 자리
숨고 싶어도 세상은 돌고 도는 굴레

높낮이가 도무지 없는 이치
알까나 모를까나 한심한 풍경

4월

봄을 잃어버렸다

흐드러지게 피어야 할 숨결마다
연록을 칠하던 바쁜 손길이 멎고
매화 향기에 취한 바람도 숨을 멈췄다

사람들은 허허로운 가슴을
서로 이어 붙여서라도 길을 내고 싶어했다
찢긴 날개로 날아오르는 꿈을 꾸기 시작하고
건져 올리기를 더디게 하는
물질이 점점 어렵다는 것에 발을 동동거렸다

바라보고 있는 것만으로도
몸서리치게 가슴에 박힌 노란 나비떼들
그 질긴 바다 넘어 봄을 찾았을까

파도만 덧없이 바람에 휩쓸려
세월만 부른다

한 생生

꽃 피고 잎이 돋듯이
잎 나고 꽃이 피듯이
살아내는 것은
끝까지 한 길로 가보자는 것
가던 걸음을 잠시 멈추고
곧장 갈까 돌아갈까 망설일 틈 없다
먼저 되고 나중 되는 것도
마음먹은 대로 되는 것이 아니다
생각 없이 두서없이 허투루 산다 해도
반듯이 오늘을 살아서
겪어내야 할 길
주저앉지 말고 시간 잇기
한발 한발 조심스레 내밀며
잊지 않고 길 이어가기

새해 아침

묵은 때 씻긴 얼굴
구름 층층이 밟고 그립게 솟았다

솟아라
더 높이 솟아올라라
세상 곳곳 이랑이랑마다
꼭꼭 숨은 덫들일랑 샅샅이 찾아내어
근심과 남루를 지우며 솟아라

동여맸던 질긴 어둠의 벽 뚫고 넘어
시위를 힘껏 당긴 시간이
빛 갈기를 휘날리며
한 겹 한 겹 펼쳐놓은 길 위로

거친 삶이 깊어가는 늪골에 박혀
짓물러가는 통증에도
몰아치는 풍랑 앞에서도
언제나 하늘 바라지 않은 때 있었던가

푸른 이마에 얹힌 해야
잡을 줄 모르는 맨손으로
태초의 빛 아우르는 현을 켜
옹골찬 꿈을 기꺼이 노래하고 싶구나

혼자 사는 집

켜켜이 쌓인 어둠이 목을 조이는
현관문을 밀면
한껏 부풀린 적막이
무겁게 흩어지다 엉겨 붙는다

온기라곤 하나 없는 오싹한 냉기
하루일과를 끌고 지쳐 돌아온
내 몸짓을 거부한다

날마다 살아와서 날마다 갇히는 감옥
나 여기 스스로 갇혀
무거운 몸을 수의처럼 감싼다

불을 켜기까지
TV의 볼륨을 높여 침묵을 깨기까지
순간 빠르게 뒷걸음치는 어둠을 본다

해 설

삶과 시의 아름다운 균형

— 이경아의 시 세계

권   온(문학평론가)

1.

이경아 시인은 시집『물 위에 뜨는 바람』『내 안의 풀
댓잎 소리』『오래된 풍경』『시간은 회전을 꿈꾸지 않는
다』등을 출간하였다. 우리는 이번 여섯 번째 시집을 읽
으며 오랜 기간 축적된 이경아 시의 핵심과 새로운 변모
를 동시에 확인하기를 기대한다. 이 글이 각별히 주목하
려는 시편은「착각」「바람」「삶의 부록」「왜」「굽히지 말아
야지」「겨울 제비꽃」「어머니의 노래」「시간 여행」「빗살
무늬 토기」「무위사에서」「한 생生」등이다.

2.

넌 줄 알았어
번번이 쿵 내려앉는 것을 보면
가슴에 묻은 너를 찾아 다녔나 봐

가슴 조아리며 돌아서지만
널 닮은 이들이 얼마나 많은 세상인지

너는 어디에나 없어도
어디에나 있었어

온몸으로 웃거나
온몸으로 울던 한 생애
무너진 허공에서 쌓여가는 시간들이
함께 숨 쉬고 있었다는 걸

오랜 시간이 흘렀는데도 잊히지 않고
함께 살고 있었지
삶도 죽음도 한통속이라는 말 맞아

보고 있다고 다 보이는 건 아냐
눈 감아야 더 잘 보일 때가 있는 걸

—「착각」 전문

가끔 그런 때가 있다. 마음 깊은 곳에 위치한 '누군가 (를 닮은 이)'가 갑자기 눈앞에 나타날 때. 이 당황스러운 상황의 대상은 대개 '누군가'가 아닌 '누군가를 닮은 이'가 될 확률이 높다. 하지만 실망할 필요는 없다. '누군가'가 아닌 '누군가를 닮은 이'라고 해도 전혀 의미가 없는 것은 아니다. '누군가를 닮은 이'와 조우하면서 '누군가'를 떠올렸다면 그것만으로도 유의미하기 때문이다.

"가슴에 묻은 너"는 "어디에나 없어도/ 어디에나 있었"다는 것. 잠재된 시의 화자 또는 시인은 "널 닮은 이들이 얼마나 많은 세상"에서 살아가고 있음을 깨닫는다는 것. '나'의 곁에 '너'가 없다고 해도, '우리'는 "함께 숨쉬고 있"고 "함께 살고 있"다는 사실이 중요하다. '너'를 볼 수 없어도 눈을 감고 '너'를 만날 수 있다면 의미가 있다. '삶' 저편으로 떠난 '죽음'에 위치한 '누군가'를 생생하게 떠올릴 수만 있다면 '누군가'는 '나'의 곁에, '우리' 옆에 와 있는 것일지도 모른다.

'누군가'를 향한 소환의 이름은 '착각'일 수도 있고 '꿈'일 수도 있고 '환상'일 수도 있다. 백석의 시 「나와 나타샤와 흰 당나귀」가 그러하듯이, 황지우의 시 「너를 기다리는 동안」이 그러하듯이 이경아의 시 「착각」은 우리의 맘을 풍요롭게 살찌운다.

힘을 내시라

조금만 힘을 내시라

엎드려 웅크린 세상이
거꾸로 어둡게 비쳐 와도
마음 놓고 한 번 더
꽃을 피워봐야지

온몸으로 빛 향기 머금은 꽃
무엇으로 사는 것 보다
어찌 살아야 하는 것 보다
세상은 이리 아름답다 느낄 때까지
잘 살아냈다고 손잡아주며
안심할 때까지

두 주먹 불끈 쥐고
끈질기게 이겨내야지

—「바람」전문

현대시의 핵심을 '비유'와 '운율'에서, '은유'와 '리듬'에서 찾으려는 시도가 타당하다고 할 때, 이 시는 모범적인 사례에 속할 수 있겠다. 이경아에게는 '힘'을 '꽃'으로, '꽃'을 "온몸으로 빛 향기 머금은 꽃"으로 연결하는 비유, 은유의 역량이 있고 "힘을 내시라"의 반복, "피워봐야지" "느낄 때까지" "안심할 때까지" "이겨내야지"에서의 '(까)지'의 반복 곧 운율, 리듬의 역량이 있다.

이경아의 시를 읽는 일은 '추상성'에서 '구체성'으로 이
행하는 과정이다. 그 이행의 과정은 합리적인 점층법의
형식을 띠고 있으므로 그녀의 시는 설득력을 얻게 된다.
이 작품의 제목인 '바람'은 시를 읽는 독자의 가슴을 뛰
게 만드는 힘이 있다. '바람'의 움직임에서 '삶'을 향한 의
지를 되새긴 폴 발레리의 시 「해변의 묘지」처럼 이경아
의 시 「바람」은 꿈틀거린다.

　　　죽음을 견뎌온 사람의 삶은 맑다

　　　해는 그림자를 만들지만
　　　때로는 빛 가운데로 이끌기 때문에

　　　여러 번 겪어온 시련의 시간이
　　　뒤엉켜 가는 듯 보이지만
　　　오랜 견딤의 아름다움이 숨어있다

　　　바라봐주지 않아도
　　　묵묵히 견뎌온 삶
　　　어찌 가볍지 않으랴

　　　아무리 갖고 싶어
　　　온갖 못된 짓 다 해도
　　　죽음의 순간에는 무엇이 필요하더냐

오로지
내가 살아낸 삶의 이력과 하늘의 소망뿐

—「삶의 부록」 전문

우리는 흔히 '삶'과 '죽음'을 대척점의 관계에 있는 것
으로 이해한다. 삶과 죽음이 대극에 위치하는 것은 맞지
만 양자兩者는 서로 긴밀하게 접속하고 있기도 하다. 죽
음을 체험하고 경험한 사람은, 죽음으로부터 반성과 성
찰의 계기를 얻은 사람의 삶은 한 단계 더 도약할 수 있
기 때문이다. "죽음을 견뎌온 사람의 삶은 맑다"라는 이
경아의 진술은 진실에 다가선 것이다.

시인은 '삶'과 '죽음'의 짝에만 주목하지 않는다. 그녀
는 '빛'과 '그림자'의 짝, '견딤'과 '시련'의 짝에도 눈길을
준다. '그림자'를 넘어선 곳에 '빛'이 있고, '시련' 건너편
에 '견딤의 아름다움'이 있다고 이야기하는 이경아의 시
선이 돋보인다. 죽음을 아우른 삶을 희망하고 '하늘의 소
망'을 희구하는 시인의 아포리즘aphorism이 빛난다.

아무리 생각하고 또 생각해도
혼자 답을 풀어낼 수 없을 때
왜라는 질문을 비수처럼 하늘에 꽂는다

한껏 늘였다 놓아버린 고무줄처럼
살다 보면 별 볼 일 없는 의문들이

늘어진 삶의 귀퉁이를 자꾸 파먹고
불편해진 생의 뒤틀림이 계속된다

중심을 파고드는 질문은
선택이 많을수록 복잡다단하고
몰라도 아는 척
알아도 모른 척
어쩔 수 없이 척을 하며
살아내야 한다는 것

이쯤에서 고개 끄덕이는 하늘의 뜻
가늠하며 몸에 젖어 사는 것도
있는 듯 없는 듯 고개 주억거리며
생의 비탈길을 뒤뚱거릴 때

길 하나 열리는 것도
하늘이 주는 답이다

—「왜」 전문

　'삶'을 향한, '생生'을 향한 '생각'과 '의문(들)'과 '질문'이
가득한 시이다. "왜라는 질문을 비수처럼 하늘에 꽂는
다" "늘어진 삶의 귀퉁이를 자꾸 파먹고/ 불편해진 생의
뒤틀림이 계속된다" 등 이경아의 문장은 구체적인 영상
을 떠올린다는 점에서 매력적이다. 삶이라는 본질적인
대상을 향한 관심과 호기심을 천착하는 시인은 '하늘'이

라는 궁극의 대상을 지향한다.

"하늘이 주는 답" "하늘의 뜻" 또는 '길'은 무엇인가? "몰라도 아는 척/ 알아도 모른 척/ 어쩔 수 없이 척을 하며/ 살아내야 한다는 것" "몸에 젖어 사는 것도/ 있는 듯 없는 듯 고개 주억거리며" 살아야 한다는 것. 이경아는 '앎'과 '모름'을 왕복하는 게, '있음'과 '없음'을 왕래하는 게 삶임을 알려준다. 인간의 삶을 하늘의 답으로, 하늘의 뜻으로 연결하는 시인의 모습은 순리順理를 따르는 것이므로 자연스럽다.

　　　허리 굽혀 절해도
　　　마음은 굽히지 말아야지
　　　어떤 바람 앞에서도
　　　무릎 꿇지 말아야지

　　　보이는 만큼만 보이고
　　　아는 만큼만 아는 시력
　　　완고한 고집의 창칼에 찔려
　　　흔적처럼 박히는 못 자국

　　　이끌려가지 않기 위해
　　　휘청거리는 무릎 곧추세워
　　　쓸쓸히 돌아설 때마다

　　　나의 뜻만큼 꽃 피지 않아도

서로 얽혀 자라고 있을 꿈

내일의 태양은
나의 뜻으로 떠오른다고
내가 나에게 만이라도
한껏 위로하며

'희망이지, 아암' 고개를 끄덕이면서
마음만은 절대 굽히지 말아야지
　　　　　　　　　　　—「굽히지 말아야지」 전문

　'마음'과 '몸'은 함께 움직이는 경우가 많다. 심신心身이
란 말도 있지 않은가? 이 시는 '마음'의 중요성을 강조한
다. "허리 굽혀 절해도/ 마음은 굽히지 말아야"라는
진술은 '몸'과 '마음'의 분리 대응을 의미한다. 이경아는
여기에서 부당한 상황 앞에서도 몸은 굴복하지만, 마음
은 굴복하지 않아야 한다는 의지를 피력한다.
　'마음'을 향한 시인의 집중력은 '뜻'이나 '꿈' 또는 '희망'
이라는 이름으로 이동하면서 커진다. '마음'이라는 추상
적인 대상을 '무릎'이나 '창칼' '못 자국'이나 '고개' 등 구
체적인 대상으로 치환하는 대목은 이경아 시의 특장特長
이다. "내가 나에게 만이라도/ 한껏 위로하며"에서 드러
나는 스스로에 대한 신뢰감과 자존심은 독자의 가슴까
지 훈훈하게 북돋운다.

겨울 오는 것이 못마땅한지
하늘은 연이어 잔뜩 찌푸리고 있다

무덤가 낙엽이 쌓인 틈을 가만히 비집고
제비꽃 한 송이 나와 눈을 마주쳤다

누가 밟아 짓이기면 어쩌려고
요렇게 숨어 숨어서 가냘프게 피었을까
내 마음이 너에게로 날개를 다는데
겨울 햇살 하나 내려와
꽃을 감싸 안는다

너무나 작디작은 꽃도
하늘과 통할 수 있구나
나는 어쩌자고 나만 바라봐주지 않는다고
투정만 하며 살아왔을까

삶은 누구에게 보여주려는 것이 아니다
묵묵히 살아내는 것일 뿐

―「겨울 제비꽃」전문

　누구도 주목하지 않는 평범한 대상에 눈길을 주는 이
가 시인이라고 할 때, 여기에서 '제비꽃'에 주목하는 이
경아는 시인임이 틀림없다. 시의 화자 '나'는 제비꽃 한

송이와 눈을 마주치며 스스로를 성찰한다. '나'는 겨울 햇살이 제비꽃을 감싸 안는 장면을 바라보며 하늘과의 소통을 떠올린다. "너무나 작디작은 꽃도/ 하늘과 통할 수 있"는데 '나'는 왜 "투정만 하며 살아왔을까"라는 진술에는 자신을 향한 반성이 내재한다. "묵묵히 살아내는" '겨울 제비꽃'의 생을 보며 '나'는 기존의 삶의 태도 곧 "누구에게 보여주려는 것"으로서의 삶을 반성한다. '겨울 햇살'과의 조화, '하늘'과의 합일을 지향하고 있는 것이다.

죽어 주둥이만 둥둥 떠다니지 않게
마음 잘 다스리며 살라던
어머니

한 세상 할 말도 못하고
속으로만 삭였던 가슴
질퍽한 개펄에 모조리 묻어두고
바다 한 귀퉁이 끌어당겨 덮곤 했나 보다

죽으면 썩어져 버릴 몸뚱이
아껴 무엇 하냐며
평생을 갯벌에 엎드려 산 어머니

파헤치고 파헤치며 떠나지 못하던
바다에 서면

빙판처럼 미끄럽던 허리춤에 끌려
바다가 따라서 노래를 부른다

써도 써도 이내 지워져 버리는
말뿐이라고
마음의 소설책을 펼치고
못이 박혀 못내 그리움이 되어버린 노래

물결 파닥이며 달려와서
음계가 낮을수록 한길 깊어지는 가슴에
밑줄을 그어가며 자꾸 휘어져 감긴다
　　　　　　　　　　—「어머니의 노래」 전문

　"할 말도 못하고/ 속으로만 삭혔던" 일생을 보냈기 때문일까? 어머니는 시인에게 "죽어 주둥이만 둥둥 떠다니지 않게/ 마음 잘 다스리며 살라"고 말씀하셨다. 어머니는 '말'의 근원으로서의 '마음'을 어떻게 다독일 수 있었을까? 그녀는 속상한 '가슴'을 "질퍽한 개펄에 모조리 묻어두고/ 바다 한 귀퉁이 끌어당겨 덮곤 했"는지도 모른다.

　'바다'와 '개펄'이 보여주는 포용력은 어머니의 모성과 절묘하게 포개진다. 일치된 존재로서의 어머니와 자연의 모습은 3연에 이르러 극대화한다. "죽으면 썩어져 버릴 몸뚱이/ 아껴 무엇 하냐며/ 평생을 갯벌에 엎드려 산 어머니"는 'Mother'인 동시에 'Mother Nature'인 것이다. 자신의 '한悔'을 속 시원히 풀지 못하고 떠난 '어머니의 노래'는 이 세상 모든 자식에게 "못이 박혀 못내 그리움이 되어버린 노래"일 게다. 못난 자식은 그렇게 불편했던 어머니의 노래를 스스로 부르고 있음을, 그것이 삶임을 깨닫는다.

허공에 브이자를 그리며
겨울을 찾아가는 기러기 떼
가던 길을 멈추고
강물에 내려앉아
바람의 중력을 털어내고 있다

더러는 자맥질로
가벼워진 날개를 펴
강물을 깨워 소란스럽다

겨울의 시작은 사소한 새들의
여행에서 비롯되었다

모든 것들은 사소함에서 이루어진다
시간의 흐름도 사소함에서 시작됨을
뻣뻣해지는 관절을 부드럽게 펴
일상의 시간 여행을 꿈꾼다

─「시간 여행」 전문

이경아는 '기러기 떼'를 주목한다. 시인에 따르면 기러기 떼는 "바람의 중력을 털어내고 있"고 "강물을 깨워 소란스럽다" "겨울을 찾아가는 기러기 떼"라는 규정은 기러기 떼의 역동적인 움직임을 효과적으로 보여준다. 이 시의 3연은 "겨울의 시작은 사소한 새들의/ 여행에서 비롯되었다"는 의미심장한 진술이다. '사소한 새들의 여행'이 원인이고 '겨울의 시작'이 결과라는 진술은 이치에 닿지 않는 말이다. 하지만 바로 이 지점에서 시적인 매력이 발생할 수 있다. 우리는 새들의 여행이라는 '사소함'이 겨울의 시작이라는 자연의 변화를 이끌어냈다는 시인의 진술에 담긴 진실을 직시해야 한다. 이 시는 "시간의 흐름도 사소함에서 시작됨을" "모든 것들은 사소함에서 이루어진다"는 사실을 알려주고 있는 것이다.

토기 조각 가느다랗게 이어진
실금을 따라
모퉁이 길을 맨발로 돌아올
그녀의 빛난 머리카락을 기억할까

한가득 가슴에 품고 온
열매를 담아두기 위해
조바심내는 발걸음을 기다리는 걸까

애시당초 흙이었으므로

흙 속으로 무너져도 흙이 되지 못하고
얇은 조각과 조각이 맞물린
부르터진 입술에선
가냘픈 흐느낌이 새어 나온다

박물관 진열장에 불편하게
기대거나 엎드려
켜켜이 쌓여가는 어둠의 시간
새겨놓은
어머니, 어머니의 어머니로부터
내려온 세계를

징검다리로 건너가는
손 때 묻은 아득한 기억
빗살 하나하나 마음으로 쓸어본다
— 「빗살무늬 토기」 전문

 '빗살무늬 토기土器'는 표면에 빗살 같은 줄이 새겨지거
나 그어져 있는 신석기 시대의 토기이다. '신석기 시대'
는 문화 발전 단계에서 구석기 시대의 다음, 금속기 사
용 이전의 시대 곧 약 1만 년 전에 시작하여서 기원전
3000년 무렵까지를 가리킨다. 신석기 시대에는 간석기
와 골각기를 사용하였으며, 토기와 직물을 만들기 시작
하였고, 생산 단계가 수렵에서 농경과 목축으로 이행하
였다.

시인이 이 시에서 주목하는 '빗살무늬 토기'는 지금으로부터 약 5000년에서 1만 년 전前이라는 시간의 간격을 갖는 대상이다. 이경아는 빗살무늬 토기를 바라보며 5천 년 전으로, 1만 년 전으로 온전히 돌아간다. 시적 대상을 향한 시인의 이입과 몰입은 놀라울 정도이다. 그녀는 빗살무늬 토기의 가느다란 실금을 보면서 5천 년 전의 '그녀'가 걸었던 '모퉁이 길'을, 1만 년 전의 '그녀'의 '빛나는 머리카락'을 소환한다.

3연과 4연은 이 시의 하이라이트이다. 시인은 '흙'으로 돌아간 여인의 '부르터진 입술'을 되살리고 '가냘픈 흐느낌'을 재생한다. 독자는 '박물관 진열장'에 "켜켜이 쌓여가는 어둠의 시간"이 "어머니, 어머니의 어머니로부터/ 내려온 세계"임을 알게 된다. 과거와 현재는 하나가 되고, 빗살무늬 토기는 어머니의 따뜻한 온기로 거듭난다. 놀라운 일이다.

무위사 해탈문을 들어서는 순간

길은 길이 아닐 수 없고
나는 내가 아닐 수 없는데
살아낸 길이
긴 터널을 빠져나온 것처럼 아득하다

웃음이 마냥 웃음만이 아니듯

눈물이 어찌 눈물뿐이었겠느냐

처음부터 세상 견디며 살아내는 것은
햇살 끝에 매단 바람처럼
간절한 내 몸 흔들어도 보고
술에 취해 비틀거리기도 하면서
주저앉아 늑골 후비는 아픔 견디는 것

무뎌지며 바래가는 불경 소리
등짐으로 한 짐 지고 내려오는 길

더듬더듬 한발 떼기도 전에
거나하게 익어가는 적막에 눌린
날갯죽지 밑 깃털이 간지럽다

—「무위사에서」 전문

이경아는 '무위사'의 '해탈문'을 들어선다. 그녀가 무위
사에서 '무위無爲'를, 해탈문에서 '해탈解脫'을 떠올리는 일
은 자연스럽다. 시인은 번뇌의 얽매임에서 풀리고 미혹
의 괴로움에서 벗어나고 싶다는 마음, 자연 그대로를 최
고의 경지로 보는 마음을 보여준다.

이 시의 2연은 이경아의 뛰어난 언어 구사력이 돋보인
다. 시인은 '길은 길이고 나는 나인데'가 아닌 "길은 길이
아닐 수 없고/ 나는 내가 아닐 수 없는데"를 선택한다.
거의 동일한 의미를 담고 있으나, 양자兩者가 전달하는

효과는 판이하다. '길'과 '나'의 존재감이 돌올하게 솟아 오르는 대목이다.

시의 화자 '나' 또는 시인은 스스로의 삶을 '긴 터널'에 비유한다. 그녀는 '웃음'과 '눈물' '술'과 '아픔'으로 그득한 삶을 '아득한' 기억으로 기억한다. 우리는 이 시를 읽으며 인생이란 '무위'와 '해탈'의 자세로 견뎌야 하는 '희로애락'과 '새옹지마'의 교향악임을 깨닫는다.

꽃 피고 잎이 돋듯이
잎 나고 꽃이 피듯이
살아내는 것은
끝까지 한 길로 가보자는 것
가던 걸음을 잠시 멈추고
곧장 갈까 돌아갈까 망설일 틈 없다
먼저 되고 나중 되는 것도
마음먹은 대로 되는 것이 아니다
생각 없이 두서없이 허투루 산다 해도
반듯이 오늘을 살아서
겪어내야 할 길
주저앉지 말고 시간 잇기
한발 한발 조심스레 내밀며
잊지 않고 길 이어가기

—「한 생生」 전문

시 「무위사에서」 '삶'을 고찰했던 이경아는 이번 작품에서도 '생生'을 향한 관심을 거두지 않는다. '한 생生'이라는 제목을 달고 있는 이 시는 한 편의 노래에 가깝다. 시인에 따르면 '살아내는 것'은 '끝까지 한 길로 가보자는 것'이다. 의욕과 의지로서의 삶을 꿈꾸는 그녀에 따르면 삶이란 "먼저 되고 나중 되는 것도/ 마음먹은 대로 되는 것이 아니다" 그것은 "반듯이 오늘을 살아서/ 겪어내야 할 길"에 가깝다.

이경아는 독자에게 방황과 망설임 속에서도 삶의 시계는 엄정하게 돌아간다는 사실을 상기한다. 삶은 잊지 않고 이어가야 하는 '길'이다. 그녀는 오늘의 삶을 수식하는 단어로 '반듯이'를 선택했다. 여기에서 우리는 또 하나의 어휘 '반드시'를 생각한다. 삶이라는 것은, 생이라는 것은, 반듯하게 살아내야 하는 반드시 오늘의 삶을 견뎌야 하는 길임을 깨닫는다.

3.

우리는 이경아 시인의 시집 『지우개가 없는 나는』을 읽었다. 시집에 수록된 시편 중에서 열한 편의 시편에 각별한 주목의 눈길을 던질 수 있었다. 삶, 생生, 인생, 현실 등의 이름으로 변주되는 '삶' 시편은 이경아 시의 핵심 중 하나이다. 「착각」은 현실을 살아가는 이에게 '꿈'이나 '환상'이란 없어서는 안 될 소중한 영역임을 환기한다. 죽음을 아우른 삶을 희망하고 '하늘의 소망'을 희구하는 시인의 아포리즘이 빛나는 시는 「삶의 부록」이다. '삶'을 향한, '생生'을 향한 '생각'과 '의문(들)'과 '질문'이 가득한 시로서의 「왜」도 기억해야겠다. 우리는 「무위사에서」를 읽으며 인생이란 '무위'와 '해탈'의 자세로 견뎌야 하는 '희로애락'과 '새옹지마'의 교향악임을 깨닫는다. 이경아는 「한 생生」에서 방황과 망설임 속에서도 우리네 삶의 시계는 엄정하게 돌아간다는 사실을 상기한다.

　이경아 시의 개성 중 하나는 다양한 영역에서 '시인'으로서의 장점을 보여준다는 점이다. '마음'이라는 추상적인 대상을 '무릎'이나 '창칼' '못 자국'이나 '고개' 등 구체적인 대상으로 치환하는 대목이 돋보이는 시가 「굽히지 말아야지」이다. 누구도 주목하지 않는 평범한 대상에 눈길을 주는 이로서의 시인의 면모가 돋보이는 시가 「겨울 제비꽃」이다. 'Mother'인 동시에 'Mother Nature'로서의 복합적인 '어머니'를 추출하는 시가 「어머니의 노래」이다. 「시간 여행」은 "시간의 흐름도 사소함에서 시작됨을" "모든 것들은 사소함에서 이루어진다"는 사실을 알려주고 있다. 과거와 현재가 하나가 되고, 빗살무늬 토기가 어머니의 따뜻한 온기로 거듭나는 놀라움을 피력하는 시가 「빗살무늬 토기」이다. 「바람」은 '비유'와 '운율'이, '은유'와 '리듬'이 조화를 이루는 현대시의 모범이다.

　'삶'과 '시'의 균형을 적절하게 보여주는 이가 이경아 시인이다. 그녀는 이미 '삶'에서도, '시'에서도 많은 것을 이룬 바 있다. 우리는 어쩌면 이번 시집의 제목인 '지우개가 없는 나는'을 이렇게 해석할 수 있지 않을까? 독자는 여기에서 지우개가 없는 만큼, 지울 것을 염두에 두지 않고 도전한다는 시인의 의지를 읽을 수 있을 게다. 삶을 향한, 시를 향한 시인의 배수진은 아름답다. 삶과 어우러진 시를 쓰는 이경아의 진정이 앞으로도 지속하기를 기대한다.